Rainer Hesse
Indigoweiß

R. Hesse

Rainer Hesse

Indigoweiß

Ausgewählte Gedichte

DEUTSCHE LITERATURGESELLSCHAFT
Erinnern · Erhalten · Bleiben

INDIGOWEISS – RAINER HESSE

Meinen beiden Großmüttern

Hedwig Lehmann und Klara Hesse

in liebevoller Erinnerung

gewidmet

INDIGOWEISS – RAINER HESSE

Soeben ist das alte Jahr

am Himmel steil zerplatzt.

Gewuchert war der Wahn

der letzten hundert Jahre.

So sei der höchste Wunsch,

ihm wirksam zu begegnen,

dass die Wunden nie verheilen

und es gelingen möge,

mit herkulischer Kraft

die Erinnerung daran

zu wahren und zu mehren. *

* Jahreswechsel 1999/2000.

INDIGOWEISS – RAINER HESSE

Die eigentlichen Grenzen

sind die unserer Sprache

und des Verstehens:

nicht die der Worte allein,

auch der Gefühle,

die ihnen innewohnen

und sie begleiten.

INDIGOWEISS – RAINER HESSE

Alles zerpflücken!

Literaturkritiker

sind wie die Krähen.

INDIGOWEISS – RAINER HESSE

So manche Bücher fallen

anheim dem Geistesfeuer,

dass Neider sich verhalten,

sie magisch zu vernichten:

Unwissend stellt man sich

als seien sie –

niemals geschrieben.

INDIGOWEISS – RAINER HESSE

Die Tulpen stehen

in ihrem eigenen Licht

mit schlichter Anmut.

Sie liebevoll betrachten,

uns nicht mit ihnen schmücken!

INDIGOWEISS – RAINER HESSE

Am Anfang und am Ende
durchfluten die Gefühle
all unser Tun und Lassen.
Sie sind die Dirigenten
in der gegebenen Welt.

Habgier, scheeler Blick,
die Angst nicht zu vergessen,
Eifersucht und Neid.

Und das Gleichgewicht,
die Poesie der Liebe,
ist ach so endlich!

Gestritten wird auch
um jeden Platz ganz vorne,
mit allen Mitteln.

Auch die Wissenschaft,
sie ist befleckt vom Übel:
wer hat recht, wer nicht?

Über allem ist
unser aller Eitelkeit!

INDIGOWEISS – RAINER HESSE

Das Wasser gurgelt und klatscht

im Schatten des Kais.

In mein Fenster schwappt

das spiegelnde Licht

des wachsenden Mondes. *

* In Dordrecht (Provinz Süd-Holland).

INDIGOWEISS – RAINER HESSE

Welten-Urgefühl:

Aller Anfang Hunger ist,

gähnend Leere auch.

Einzig er ist es, der treibt,

immer auf Erfüllung aus.

INDIGOWEISS – RAINER HESSE

Wie es wirklich war?

Ichbezogene Wahrheit

beherrscht die Bühne.

INDIGOWEISS – RAINER HESSE

Die Welt liegt rings in Schweigen

und ein Nieselregen fällt.

Nur Krähen sind zu hören.

Ihr Gesang? – Die Ewigkeit.

INDIGOWEISS – RAINER HESSE

Bienenwabengleich

Sozialbauwohnungen:

Die Stadt in der Stadt.

INDIGOWEISS – RAINER HESSE

Liebesglück nach Drachen-Art

Hitziges Gezänk

kommt bei den harschen Pärchen

zum Waffenstillstand

so durch Drüsen wonniglich

ein Maiennebel wabert.

Kaum drei Sekunden

flackert ihr ätherisch Glück

wenn die heiße Atemluft

beider sich vereint,

dabei die Schuppen rasseln.

Wie es weitergeht?

Auf engstem Raume hocken

nun ihre Erben:

Es lauern in den Eiern

streitsüchtig diese Jungen!

INDIGOWEISS – RAINER HESSE

Bei offener Tür

im Schein der kleinen Lampe

über den Büchern. –

Der Duft nach Erde

und das Geräusch des Regens

halten mich wach.

INDIGOWEISS – RAINER HESSE

Schneckenhaus am Ohr,

sich dem Rauschen hingeben,

sich träumend spülen lassen

an verschollene Ufer

unschuldiger Zeit.

INDIGOWEISS – RAINER HESSE

Wer im Schatten steht,

wird nicht vom Licht geblendet,

sieht manches schärfer.

INDIGOWEISS – RAINER HESSE

Seit alters her

war der Mond mit seinem Licht

Liebling der Poeten.

Heute im Besitz

einer kühlen Wissenschaft –

auch mit Gefühlen.

INDIGOWEISS – RAINER HESSE

Ich träumte,

dir Sterne aufzufangen.

Erwacht –

auf Dach und Kiefer

unberührter Schnee.

INDIGOWEISS – RAINER HESSE

So weit zum Himmel –

und ebenso zur Erde!

Auf verdorrtem Ast,

jedem Wetter ausgesetzt,

ein verschrecktes Vögelchen.

INDIGOWEISS – RAINER HESSE

Eine alte Frau

steht morgens schon am Fenster

und blickt ins Leere.

INDIGOWEISS – RAINER HESSE

Wenn erst der Herbstwind

Laub durch alle Gassen treibt

und kalten Regen

Tag und Nacht, verbünde dich

mit dem Sonnenbruder Wein.

INDIGOWEISS – RAINER HESSE

Das Gewand des Lebens

sitzt dir wie angegossen,

nicht auszuziehen.

Es wechselt oft die Farben,

doch das Gewebe nicht.

INDIGOWEISS – RAINER HESSE

Gewonnen und verloren,

manch Leid und Freud erfahren.

Zurückgezogen

in die Kammer Einsamkeit –

ohne Bitternis.

INDIGOWEISS – RAINER HESSE

Neid

Sobald ein Maulwurf

sich nach oben durchgewühlt,

kommt höchstwahrscheinlich

ein Rasenmäher

oder voller Tatendrang –

ein Spaten.

INDIGOWEISS – RAINER HESSE

Tyrannen weltweit

ringen um den ersten Platz

ihrer Wahnideen,

sind Selbstanbeter

bis zum letzten Atemzug. *

* In memoriam Ágnes Heller (Ungarische Philosophin, 1929–2019).

INDIGOWEISS – RAINER HESSE

Wie ein Frühjahrssturm

gebärdet sich die Sehnsucht

und sie legt sich erst,

wenn sie voll befriedet ist.

Und immer kehrt sie wieder.

INDIGOWEISS – RAINER HESSE

Und weiter blüht es

trotz allem Wahngeschreie,

Trug und Hass und Streit.

Auf ewig kehrt es wieder

das reine Licht der Tulpen.

INDIGOWEISS – RAINER HESSE

Erste Liebe

Zinnien

aus Großvaters Garten

für die Lehrerin.

Im Rechnen ungenügend:

Rohrstock auf Fingerspitzen.

INDIGOWEISS – RAINER HESSE

Hätte ich es zu bestimmen,

wäre sie die Königin

in diesem Garten.

In ihrer schlichten Anmut

hielte sie Hof in Weiß. *

* Kosmee (Cosmos bipinnatus).

INDIGOWEISS – RAINER HESSE

Mit taubenetzten Blättern

wie gelbes Mondlicht

leuchtet aus ihrem Versteck

die eine Kürbisblüte.

INDIGOWEISS – RAINER HESSE

Päonien erinnern

mich an alte Zeiten,

an Wärme und ein Glück

mit unbeschwerten Kindern.

Der Garten längst verwaist …

INDIGOWEISS – RAINER HESSE

In aller Herrgottsfrühe

und kühler Morgenstille

über die Fluren,

durch das Gebüsch gestreift.

Altweibersommerfäden

wie Nebelperlenschnüre.

INDIGOWEISS – RAINER HESSE

Ich habe mein Boot

in den Winterschlaf geschickt,

ans Alsterufer.

Dort träumt es

von den Sonnen im Depot

des Huflattichs.

INDIGOWEISS – RAINER HESSE

Kleine Musikanten

Von weitem schon vernehme ich
harmonisch durcheinander
melodisches Gezwitscher,
als seien tausend Vögelchen
auf einem Gartenfest.

In der Nebenstraße dann
(welch ein Anblick!)
sind die Stare reichlich groß.
Es warten auf den Omnibus
zwei Klassen Schulanfänger!

INDIGOWEISS – RAINER HESSE

Auch die Heilkräuter

ziehen ihre Kraft

aus der Müllkippe Erde.

INDIGOWEISS – RAINER HESSE

Wind- und wetterfest,

er überblickt die Herde,

trotzt Frühjahrsstürmen,

ist kampfbereit und wendig:

Das träumt ein alter Widder.

INDIGOWEISS – RAINER HESSE

Aus den Salzwiesen

driftet über grauem Watt

mit später Sonne

eine Ahnung Violett,

vermählt mit Windes Stille.

INDIGOWEISS – RAINER HESSE

Wie ein Positionslicht

ist mir roter Wein

in meiner nassen Heimat,

wenn Nebel über Flüsse,

über Polder ziehn.

INDIGOWEISS – RAINER HESSE

Die Schatten der Angst

als ständige Begleiter

vor Übergängen.

INDIGOWEISS – RAINER HESSE

Vor Stürmen geschützt,

seitab der harten Brandung

im Hafen segeln

(in portu navigare)

und auf die Enkel achten.

INDIGOWEISS – RAINER HESSE

Nur das Nebelhorn

und Krähen sind zu hören

in meiner Kammer.

Die Lüfte singen.

Verstummt sind sie, die Krähen.

Sturm drängt auf das Land.

Herr erhöre uns!

Die Angst steigt übers Ufer.

Und das Wasser steigt.

INDIGOWEISS – RAINER HESSE

Waterland

Wolkenbänke

schieben dicht auf dicht.

Zerrissen ist

der Krähen Laut und Ruf.

Endlos säumt den Weg

schneeweiß

im wogenden Schilf

die Uferwinde. *

* Amsterdam-Noord.

INDIGOWEISS – RAINER HESSE

Verwerfungen

Zweitausendachtzehn

auf dem Verschiebebahnhof.

Richtungsänderung.

Der flügellahmen Krähe

kommt das nicht geheuer vor. *

* Amsterdam 2018.

INDIGOWEISS – RAINER HESSE

Weithin sichtbar

wehrhaft und trutzig der Turm

in ländlicher Stille.

Ich halte inne

und schaue wie gebannt

auf den geballten Stein.

Und zögere noch –

bevor ich weiter eile. *

*Amsterdam-Randsdorp (Rarup).

INDIGOWEISS – RAINER HESSE

Dem Gast in Flandern

ward die Tafel reich gedeckt.

in Oostduinkerke.

Nunmehr ist der Tisch

verwaist – und mit Sand bedeckt.

Die Möwen kreischen. *

* Für N. N.

INDIGOWEISS – RAINER HESSE

Gestörte Mittagsruhe

mitten in der großen Stadt

bei den Beginen.

Amseln und Spatzen

spielen die erste Geige

unter den Bäumen.

Weder die Hitze

noch das Gebot der Stille

halten sie zurück.

Selbst das Innere

der kleinen Kapelle ist

ihnen nicht heilig. *

* Im Beginenhof in Antwerpen.

INDIGOWEISS – RAINER HESSE

Lärmend ziehen Krähen

in der Abenddämmerung

über brache Felder hin,

fernen Nachtquartieren zu –

bis ihr Ruf verstummt.

INDIGOWEISS – RAINER HESSE

Bei milden Winden

die schwarzen Gesellen

hoch in den Ästen.

Ein lautes Durcheinander:

Minnelaut und Herrschgekrächz.

INDIGOWEISS – RAINER HESSE

In das Schweigen

des treibenden Schnees

fällt kein Laut.

Selbst die Krähen

halten sich zurück.

INDIGOWEISS – RAINER HESSE

Zu allen Jahreszeiten

über manche Jahre hin

an meiner Seite

das krächzende Gefieder

glänzt in seinem Schwarz.

Ob es wohl dereinst

nach meiner letzten Stunde

Ausschau halten wird,

nach mir, der nicht zu finden

in der weiten Krähenwelt?

INDIGOWEISS – RAINER HESSE

Schmelzwasser reißen

den Winter flussabwärts mit –

frischer Erdgeruch.

Und die Krähen über uns

sind in Palaverstimmung.

INDIGOWEISS – RAINER HESSE

Das Land der Sehnsucht,

der Liebe und Verheißung:

die Raben kehren

jedes Mal an Bord zurück.

Die Kimm narrt jede Hoffnung.

INDIGOWEISS – RAINER HESSE

Eine Krähenschar

sie legte kleine Steine

ab an einem Ort

auf einem frischen Hügel. –

Schweißgebadet aufgewacht!

INDIGOWEISS – RAINER HESSE

Weder Feind noch Freund

noch Bruder, anderer Anverwandter

ist er, der Tod, er ist

nichts weiter als ein Datum

der abgelaufenen Reise

in wildbewegter See,

in der das Schifflein

mit einer Ladung Zweifelsfragen,

was wohl am andern Ufer sei,

unaufhaltsam weiterstrebt,

trotz aller würgend Angst

und Kampf bei hohem Wellengang.

Der Tod,

kein Freund, kein Feind

und kein Verwandter,

sehr wohl ein Datum.

INDIGOWEISS – RAINER HESSE

Gleich vor dem Bahnhof

empfängt mich ein alter Freund,

zaust an mir herum.

Kalt fährt er mir unters Hemd

und wärmt sich ein bisschen auf. *

* In Avignon (Dép. Vaucluse).

Der Mistral ist ein kalter, trockener Fallwind aus nordwestlicher Richtung, der in der Provence weht. Hauptsächlich etwa von Lyon aus weiter in Richtung Avignon und Marseille.

INDIGOWEISS – RAINER HESSE

Die Glut der Sonne,

gelagert und geläutert

in schweren Fässern,

belebt in späten Jahren

alte Erinnerungen. *

* In memoriam Bart Mesotten (Flämischer Dichter, 1923–2012).

INDIGOWEISS – RAINER HESSE

Im verlassenen Haus

tief im Süden teile ich

meine Zeit mit ihm.

Kristallrubin und trocken

der Freund aus dem Lubéron.

INDIGOWEISS – RAINER HESSE

Wachen und schlafen,

der Tidenhub des Lebens –

Welle um Welle

aus dem Schoß der Ewigkeit.

INDIGOWEISS – RAINER HESSE

Ein sanftes Atmen

langer seidener Wimpern

graziler Kiefern

als Antwort auf den Seewind

dort unten in den Klippen. *

* Coillioure (Dép. Pyrénées Orientale).

INDIGOWEISS – RAINER HESSE

Zwischen kahlen Zweigen

sieht man auf dem Bergmassiv

es veilchenfarben

rund um die Zinnen wehen.

Noch knöpft man sich fester zu. *

* Toulon (Dép. Var).

INDIGOWEISS – RAINER HESSE

Heute spielt der Wind

auf seiner Frühlingsharfe,

obschon er gestern

altes Laub durch Gassen trieb,

in jeder Ecke kehrte.

INDIGOWEISS – RAINER HESSE

Vor allen Fenstern,

nicht bei Seite zu schieben,

Regenvorhänge. *

* In Erinnerung an das Unglück auf dem Flughafen Amsterdam-Schiphol am 25. Februar 2009.

INDIGOWEISS – RAINER HESSE

Lautlos weicht die Nacht.

Ein frostbewehrter Morgen

hält den Atem an.

Schlank und hoch, in vollem Laub,

stehen die Birken in Gold.

INDIGOWEISS – RAINER HESSE

Bei einem lauen Wind

den Fuß an Land gesetzt.

Ein Stündchen, ganz alleine,

halb im Schatten,

meine Zeit verträumt.

Die Spatzen über mir,

unsichtbar in einem Schilfdach,

fangen gar bald an.

Sie tschilpen so vertraulich

als kennten wir uns lange.

Oder ist das nur

ihr eheliches Plaudern

und ein Fremder vor der Tür,

der sie nichts angeht,

den sie gar nicht meinen? *

* Hammamet (Tunesien).

INDIGOWEISS – RAINER HESSE

An einen Freund

Möge die gelassene,

sanfte Überlegenheit

die aus deinem Auge spricht

und die weite Runde misst,

– wie es manchmal scheint –

selbst den Horizont bezwingt,

dir erhalten bleiben,

Camelus dromedarius!

INDIGOWEISS – RAINER HESSE

Wir sehen die Hand

kaum vor den Augen

und behaupten doch,

im Willen frei zu sein.

Irrende Gesellen,

dem Sturm anheimgefallen,

sind wir Getriebene

im Sand der Ewigkeit.

INDIGOWEISS – RAINER HESSE

Tief im Süden

Ihr Auge ist

so überaus geduldig

auf den Fremden sanft gerichtet.

Vielleicht mit einer Bitte

unter ihren langen Wimpern.

Angebunden

im Schatten

einer Telegrafenstange

meine neue Freundin,

ein Zwölf-Wochen-Dromedar.

Ihr Blick begleitet mich,

ach so melancholisch,

bis in den hohen Norden.

Zu Haus die Frage:

»Was hast du mitgebracht?«

INDIGOWEISS – RAINER HESSE

Der alte Hahn

Dankbar sollte er sein,

der alte Hahn,

dass man ihn in seiner Ecke

kratzen und scharren lässt,

ihn selbst der Pflicht entbindet,

den frühen Tag zu künden.

Dankbar sollte er sein!

So manchen Hahn, den lässt man nicht!

INDIGOWEISS – RAINER HESSE

Drangvolle Enge

in einer neuen Arche

wird unwahrscheinlicher

je stärker die Artenvielfalt

weiterhin abnimmt.

INDIGOWEISS – RAINER HESSE

Die soziale Frage

unserer Mutter Erde

hat eine Antwort:

Geld bereit für Luftschlösser

auf anderen Planeten.

INDIGOWEISS – RAINER HESSE

Die ausgedienten Kähne

stecken schief im fetten Schlick,

nicht zu erreichen

auf dem verrotteten Holz

der Landungsstege.

INDIGOWEISS – RAINER HESSE

Von Anfang an

Ich habe mich,

wieder einmal,

gehäutet.

Deutlich erkennbar:

das alte Muster.

INDIGOWEISS – RAINER HESSE

Verzicht als Gewinn.

Der erste Schritt der Schwerste,

über die Schwelle

alter Gewohnheiten.

Ballast abgeworfen und

an Übersicht gewonnen.

INDIGOWEISS – RAINER HESSE

Liebe Kinder lasst euch sagen,

was so in den Zeiten Ur

sich hat zugetragen:

Plötzlich dieser große Knall –

und aus dem Nichts entstand das All!

Es lauert nun ganz irgendwo

riesengroß ein schwarzes Loch

und man macht sich ernstlich Sorgen,

dass dies All –

werde wieder eingelocht.

Vielleicht schon morgen.

INDIGOWEISS – RAINER HESSE

Letzter Tag im Jahr.

Die Gedanken hängen noch

in der Vergangenheit,

und sie richten sich

mit bangem Hoffen

auf das blinde Morgen –

bis ein tiefer bronzen Klang

uns für einen Augenblick

davon befreit *

* Jahreswechsel 2022/2023.

INDIGOWEISS – RAINER HESSE

Inhalt

Alles zerpflücken!	11
Am Anfang und am Ende	17
An einen Freund	133
Auch die Heilkräuter	73
Aus den Salzwiesen	77
Bei einem lauen Wind	131
Bei milden Winden	99
Bei offener Tür	31
Bienenwabengleich	27
Das Gewand des Lebens	47
Das Land der Sehnsucht,	107
Das Wasser gurgelt und klatscht	19
Dem Gast in Flandern	93
Der alte Hahn	139
Die ausgedienten Kähne	145

Die eigentlichen Grenzen	9
Die Glut der Sonne,	115
Die Schatten der Angst	81
Die soziale Frage	143
Die Tulpen stehen	15
Die Welt liegt rings in Schweigen	25
Drangvolle Enge	141
Ein sanftes Atmen	121
Eine alte Frau	43
Eine Krähenschar	109
Erste Liebe	59
Gestörte Mittagsruhe	95
Gewonnen und verloren,	49
Gleich vor dem Bahnhof	113
Hätte ich es zu bestimmen,	61
Heute spielt der Wind	125

Ich habe mein Boot	69
Ich träumte,	39
Im verlassenen Haus	117
In aller Herrgottsfrühe	67
In das Schweigen	101
Kleine Musikanten	71
Lärmend ziehen Krähen	97
Lautlos weicht die Nacht.	129
Letzter Tag im Jahr.	153
Liebe Kinder lasst euch sagen,	151
Liebesglück nach Drachen-Art	29
Mit taubenetzten Blättern	63
Neid	51
Nur das Nebelhorn	85
Päonien erinnern	65

Schmelzwasser reißen	105
Schneckenhaus am Ohr,	33
Seit alters her	37
So manche Bücher fallen	13
Soeben ist das alte Jahr	7
So weit zum Himmel	41
Tief im Süden	137
Tyrannen unserer Zeit	53
Und weiter blüht es	57
Verwerfungen	89
Verzicht als Gewinn.	149
Vor allen Fenstern,	127
Von Anfang an	147
Vor Stürmen geschützt,	83
Wachen und schlafen,	119
Waterland	87

Weder Feind noch Freund	111
Welten-Urgefühl:	21
Weithin sichtbar	91
Wenn erst der Herbstwind	45
Wer im Schatten steht,	35
Wie ein Frühjahrssturm	55
Wie ein Positionslicht	79
Wie es wirklich war?	23
Wind- und wetterfest,	75
Wir sehen die Hand	135
Zu allen Jahreszeiten	103
Zwischen den Zweigen	123

Zum Titel

Der Name »Indigoweiß« steht für die Farbe Indigo und die Nicht-Farbe Weiß, symbolisiert also die Gegensätzlichkeit der Farbe zu der Nicht-Farbe, und ganz allgemein für die Gegensätzlichkeit schlechthin.

Der Autor

Rainer Hesse ist 1938 in Königsberg/Ostpreußen geboren.

Frühe Neigung für Chemie und Sprachen. Chemie als Brotberuf; Philosophie, Sprachen und Literatur als Gleichgewicht. Den größten Teil seines Arbeitslebens war er als Analytiker Abteilungsleiter in einem internationalen Pharmakonzern tätig. Neben monografischen Veröffentlichungen der Gedichte, regelmäßige Beteiligung in Anthologien und Einzelveröffentlichungen in verschiedenen Versformen. Vorliebe für japanische Gedichtformen. Literarischer Übersetzer aus dem Flämischen und Niederländischen (Bart Mesotten, Luc Vanderhaeghen, Herman Van Rompuy, Marc May, u. a.).

Dem europäischen Gedanken zutiefst verbunden ist er niederländischer und deutscher Staatsbürger. Er lebte 2000 bis 2018 in Amsterdam. Heute ist er in Hamburg zu Hause.

Die Deutsche Nationalbibliothek verzeichnet diese Publikation in der
Deutschen Nationalbibliografie; detaillierte bibliografische Daten sind im
Internet über dnb.dnb.de abrufbar. Die Schweizerische Nationalbibliothek
(NB) verzeichnet aufgenommene Bücher unter Helveticat.ch und die
Österreichische Nationalbibliothek (ÖNB) unter onb.ac.at.
Unsere Bücher werden in namhaften Bibliotheken aufgenommen,
darunter an den Universitätsbibliotheken Harvard, Oxford und Princeton.

Rainer Hesse
Indigoweiß
ISBN: 978-3-03831-290-1

Deutsche Literaturgesellschaft ist ein Imprint der
»Europäische Verlagsgesellschaften« GmbH
Erscheinungsort: Zug
© Copyright 2023

Sie finden uns im Internet unter: www.Deutsche-Literaturgesellschaft.de
Die Literaturgesellschaft unterstützt die Rechte der Autorinnen und
Autoren. Das Urheberrecht fördert die freie Rede und ermöglicht eine
vielfältige, lebendige Kultur. Es fördert das Hören verschiedener Stimmen
und die Kreativität. Danke, dass Sie dieses Buch gekauft haben und für
die Einhaltung der Urheberrechtsgesetze, indem Sie keine Teile ohne
Erlaubnis reproduzieren, scannen oder verteilen. So unterstützen Sie
Schriftstellerinnen und Schriftsteller und ermöglichen es uns, weiterhin
Bücher für Leserinnen und Leser zu veröffentlichen.